과분한 사랑 정말
항상 감사드립니다!

GARBAGE TIME

DASAN COMICS

매일매일 새로운 재미, 가장 가까운 즐거움을 만듭니다.

한국을 대표하는 검색 포털 네이버의 작은 서비스 중 하나로 시작한 네이버웹툰은 기존 만화 시장의 창작과 소비 문화 전반을
혁신하고, 이전에 없었던 창작 생태계를 만들어왔습니다. 더욱 빠르게 재미있게 좌충우돌하며, 한국은 물론 전세계의 독자를
만나고자 2017년 5월, 네이버의 자회사로 독립하여 새로운 모험을 시작하였습니다.
앞으로도 혁신과 실험을 거듭하며 변화하는 트렌드에 발맞춘, 놀랍고 강력한 콘텐츠를 만들어내는 한편 전세계의 다양한 작가
들과 독자들이 즐겁게 만날 수 있는 플랫폼으로 거듭나고자 합니다.

#**17**

가비지타임

글·그림 **2사장**

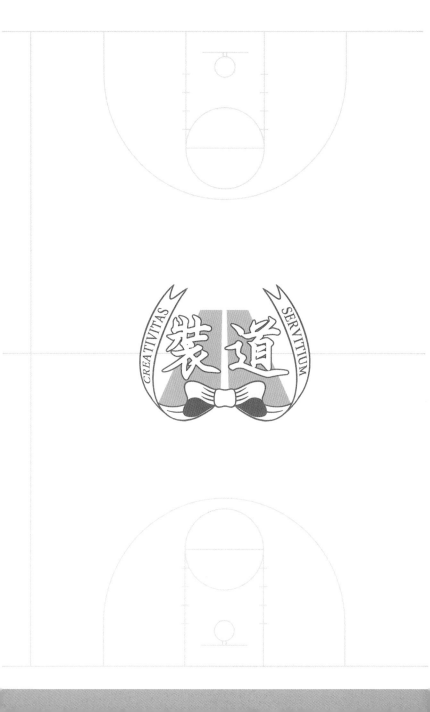

CONTENTS

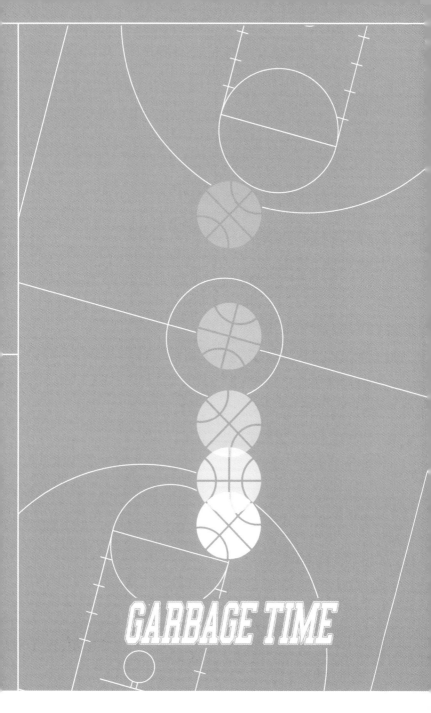
GARBAGE TIME

SEASON-4　22화

GARBAGE TIME

그…

그래! 재유 인마, 내 자신 있게 떤지라고 했나 안 했나!?

와, 그냥 냅다 3점 꽂아버리는데?

임승대가 반응도 못 했어.

또 찍히는 줄 알았네…. 너무 높다

뻑 뻑

……

하하

투 샷이다!

골 밑 찬스 잘 끊었어!

거의 임승대한테만 파울을 쓰겠다는 모양샌데?

파울 아껴놓다 적절히 몰아 쓰는구만.

……

이거 반쯤 *해킹하고 있는 거나 마찬가지잖아?

*자유투 성공률이 낮은 선수에게 고의로 파울을 범해 자유투를 주고 공격권을 가져오는 플레이 = 핵 작전.

……

선수도 얼마 없는데 파울 관리 자신 있나보지?

임승대 짜증 좀 나겠어.

비법자든이 너무 많네

기상호 파울 두 개째!

아직 여유 있다!

1구 미스!

아이씨 진짜….

야, 백보드 맞춰서 던지라니까. 넌 그게 맞아.

내 알아서 할게,

이랬다저랬다 하면 더 안 된다고.

고집은 참….

스위치!

재유 햄!

일대일
GO!

2년 전

뭐야?

지상고에 임승대
왜 안 보이냐?
어디 다쳤어?

장도고 빅맨들이
시원찮으니 보강용으로
데려간 거지.

아니 그래도
입학한 애를 빼 가?
상도덕이 없네.

걔 장도고 갔잖아.
몰랐어?

그나저나 저
1학년 콤비 이 대 이를
더 못 보는 건
아쉽긴 해.

임승대야 뭐
골대 가까이서
볼만 쥐여주면
득점이 나오니까.

그렇게
잘했어?

게다가 보는
맛도 있었지.

뭐 이제는
옛날얘기가
돼버렸지만.

근데 이렇게 되면
장도고에
최종수 임승대···

볼이 두 개여야
농구가 되겠는데?

당연히 최종수
키워야지.

1학년 최상급
온 볼 에이스 두 명이
모이는 건데 누구 위주로
플레이해야 되는 거야?

임승대처럼 기술 없이
몸빵 농구 하는 애들은
상위 리그 가서 자기보다
크고 힘센 놈 만나면
아무것도 못해.

고등부에서나
먹히는 거지.

아냐, 기술은
습득하면 되는 거고.

그게
말은 쉽지.

애매하면 무조건
큰 놈 키우는 게
답이야.

전국 중 고 농구대회
남고부

優 ■ 勝

韓國中高籠球聯盟

그쪽이
희소가치가
있으니까.

23 진잼민
아무도 너 거기 갔다고 나쁘게 생각안한다
가는게 당연한건데. 오후 1:33

23 진잼민
그래도 인사는 하고가지 그것만 좀 섭섭하다 오후 1:33

23 진잼민
가서 잘해라 오후 1:57

23 진잼민
그래야 우리가 마음이 후련하니까 오후 1:59

승대야.

우린 체육관에
폰 갖고 나오면
안 된다니까.

아, 쏘리.

미안할 건
없고.

얼른 숨겨.
감독님 오신다.

승대 합류하고
첫 게임이니
편한 분위기로….

오늘은
얘기했던 대로
자체 연습 경기
진행한다.

팀장은
승대

그리고
종수.

둘이서 순서대로
한 명씩 팀원 나눠
뽑는 거로.

누가 먼저 뽑나?
가위바위보로
순서 정할까?

이기려면
나부터 뽑아!

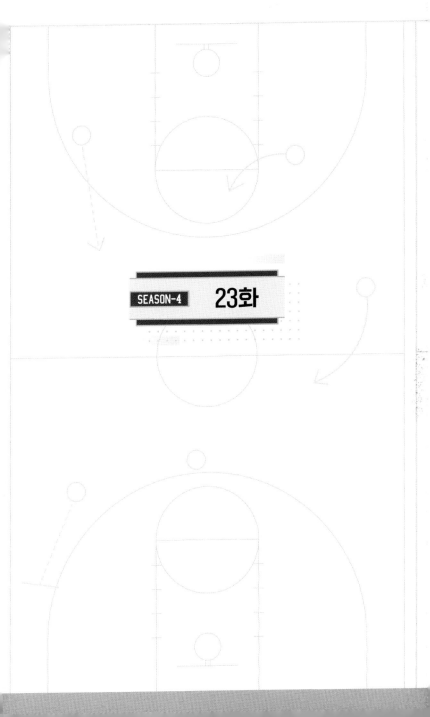

SEASON-4 23화

GARBAGE TIME

그날 결과는

팀원을
잘못 뽑아서

전학 온 지
얼마 안 된 때라
적응이 덜 돼서

SCORE

PERIOD

SCORE

88

4

76

ㅡ같은 핑계 따윌
댈 수준이 아니었다.

그날
최종수는

54점을
넣었다.

근데…

이대로 가만히 있으면

그냥 덩치만 큰 놈으로 남을 뿐이잖아.

이대로…

40

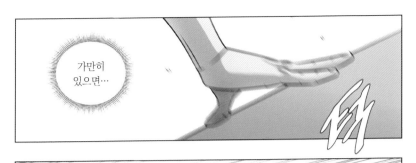

가만히
있으면…

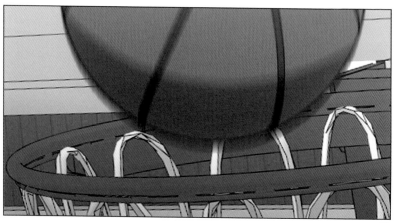

…!

나,

나이스 플레이!!!

05 : 16

장도고   지상고

3

56 : 43

……

준비해!

최종수다!

아 까비!!!

백코트!

지상고
수비가 전혀
안 되잖아!

방금도 다 뚫렸는데
운 좋게 슛이
안 들어간 거분이라고!

최종수 점마는
뒤통수에도
눈이 달렸나…?

우예 알고
몸을 앞으로
기울여가 슛을….

경험치의 차이지.

이 정도 상황에서는
뒤에 블록이 따라붙었을
거란 걸 감각적으로
체득하고 있는 거야.

뭐, 너희에게
종수의 플레이는
이해할 수 없는
공포…

마치
'코스믹 호러'와 같이
느껴질 수도 있겠군.

너 혹시

안다.

……

SEASON-4 24화

GARBAGE TIME

스위치
하지 마라.

......

*리젝트!

*스크린의 반대 방향으로 돌파하는 것.

슈팅 파울!

잘 끊었다!

어차피 23번도
자유투 구려!

점마 아까 자유투 에어볼 떤진 놈 아이가?

설마 이번에도?

기대되네.

낄낄

1구 미스!

하…

태성 햄
괜찮아요!

다음 거
넣으면 돼요!

골대에…

뽈이 세 개…

2구까지
실패!

백코트!

하 씨…!

와, 자유투 너무 심각하네…

농구 하는 아 맞나?

내 수행평가 때 저거보단 잘 떤졌는데.

됐어!

올라가!

까비!

찬스다!

턴오버다!

왜 나에게
이길 수 없는지
모르겠다는 눈치군.

이유를
알려줄까?

혹시

'내리막길
수레 효과'가
뭔지 알고 있나?

드리블은 거의
오른쪽으로밖에
못 가는 데다

그마저도 불안해서
고개를 땅에 처박고
드리블하다 앞도 못 살피고
공격자 반칙이나
저지르지.

니가 나에게
이길 수 없는
이유는

그냥
니가 농구를
개같이 못하기
때문이야.

진심으로
충고하자면

네 재능은
높이뛰기 선수에
더 어울려.

농구 재능은
전혀 없는 거
같다.

73

자기보다 작고
운동 능력도 상대적으로
처지는 상대한테
리바운드 뺏기고
플레이도 잘 안 되고
그러면은…

자존심이
상할 수도….

……

SEASON-4　25화

GARBAGE TIME

공부 열심히 하라는 게 다른 이유가 아니야.

2-3

다들 하고 싶은 게 뭔지 모를 때잖아.

성적을 잘 받아두면

너희가 하고 싶은 게 생겼을 때 어떤 방식으로든 도움이 된다고.

그러니까

쉬는 시간에 농구 하다가 수업 늦게 들어오는 짓은 이제 하지 마라.

자리로 들어가.

옙.

시잉—

엄마 방금 온
어디니? 학원은?

영어학원 7분 전
부재중 전화

영어학원 12분 전
부재중 전화

아~
냄새 좋다.

우레탄 코트
햇빛에 익는
냄새.

병 생긴 거 같은 느낌

혼자
농구 하는 건
재미없는데…

어쩔 수 없네

아얏!

아 씨
왜 안 되는데!?

와…!

아깝다…!

쪼끔만 더
올라가면
됐을 텐데….

흐읍!

처음보다
낮아졌다…

힘 빠졌네

오늘은 더 이상
가망 없어
보이는데…

태성이는

쫌만
쉬었다가…

허

허

허

하 씨
요령만 생기면
될 거 같은데

몇 시간 동안이나
덩크슛을
시도했지만

내내
실패하기만
했다.

열렸다!

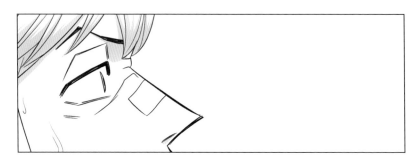

그날
태성이한테는

내가 보이지도
않았나봐.

힘내.

오늘처럼.

태성이는

거짓말쟁이가 아니야.

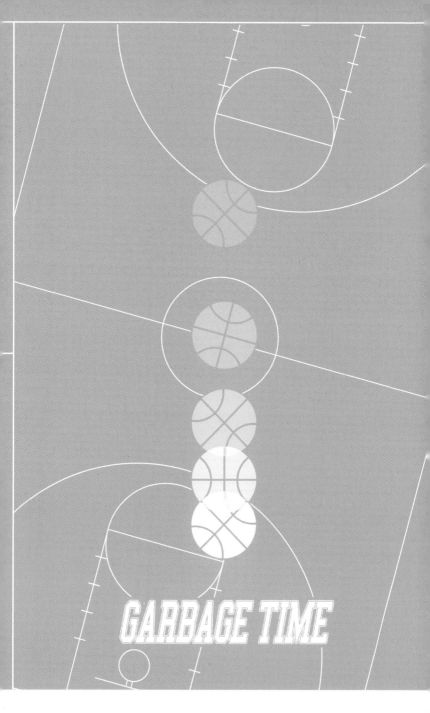

GARBAGE TIME

SEASON-4   26화

GARBAGE TIME

이,

이런 미친…!

내가 대체
뭘 본 거야!?

허허
참…

23번이
노수민을
뛰어넘었어!

아니,
문자 그대로 뛰어서
넘어버렸다고!

드디어

본모습을
드러낸 건가…?

뭔
본모습인데
또!?

오직 농구만을
위해 설계된
사이보그.

농구
살육 머신.

「GTS-23」…!

카운트!

02 : 19
장도고   지상고
3
58 : 47

앤드원!

오케이!

이번엔
수비자 반칙!

노수민이
자리 잡는 게
늦었다는
판정이다!

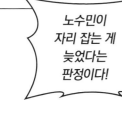

쳇.

머뭇거리다
늦어버리고
말았어….

아까 그 요행 같은
플레이가 또 나올 수
있을 리가 없는데

수민이
자식,

주화입마에
빠져버린 건가…!

탁

이번엔
넣자.

그만큼 놓쳤으면
슬슬 하나
넣을 때 됐다.

슛

휙

철컥

들어갔어!

3점 플레이
완성!

10점 차다!

02 : 1?

장도고   지상고

3

58 : 48

야, 이거
느낌 슬슬
이상하다?

가랑비에
옷 젖듯이 어느새
10점 차야!

야! 공태성!

122

128

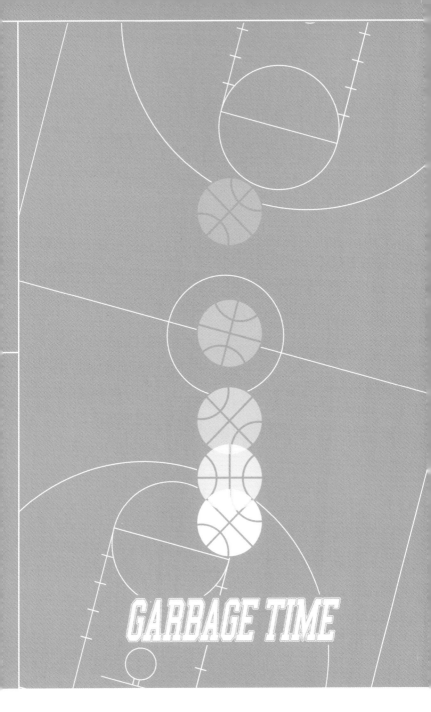

GARBAGE TIME

27화

GARBAGE TIME

최종수의
체력 저하가
눈에 띄기 시작한
시점은 4쿼터쯤.

최종수 본인의
공격 비중과 더불어
조재석을 전담 마크한
탓이었지.

오늘도

팀 사정상
볼 소유 시간이
비정상적으로 긴 재유를
전담 마크하느라

슬슬
힘이 달리는
모양인갑네.

굿샷!

주찬양
롱 투 적중!

00 : 09
장도고   지상고
3
62 : 50

마지막 공격이다!

깔끔하게 성공시키고 들어와요!

풀코트 프레스…

주로 양 팀의 전력 차가 큰 상황에서 직접적으로 약한 팀의 턴오버를 유도하기 위해,

혹은 지금처럼 경기 시간이 얼마 남지 않은 때에 코트를 넘어오는 시간을 지연시켜 제대로 된 슈팅 기회를 가져가지 못하도록 하기 위해 사용되는 전술.

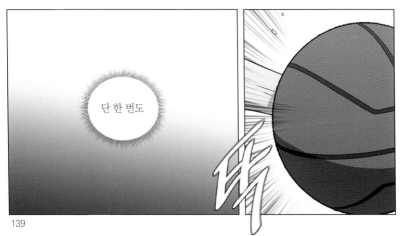

턴오버를
걱정한 적은
없다.

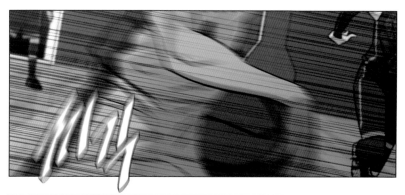

재유의
핸들링은

코트를
넘어가는 건

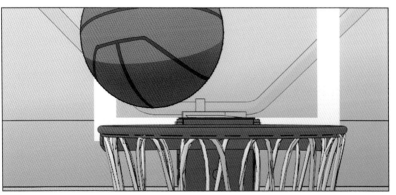

주전을
오래 쓰는 게 이득이라
생각해서인지,

그저 상대가 누구든
본인들이 잘하는 플레이에
집중한다는 농구 철학
같은 게 있는 건지는
모르겠다만

장도고는
반코트 지공 농구를
고집했다.

뭐,
어느 쪽이든
우리에게는
호재.

어쩌면
4쿼터엔

최종수의 효율을
더 떨어뜨릴 수
있을지도.

최종수도 평소보다 턴오버가 많아.

평소라면 이 타이밍에 20~30점 차 만들고 주전 다 뺐어야 되는데

장도고가 오늘 점수를 너무 못 내네.

솔직히 지상고가 상대면 100점은 갈 줄 알았다고.

이 페이스면 80점대 게임이야.

최종수도 있는데….

늘 스스로 생각하면서 플레이하라 말했는데

생각하고 있는 게 맞아?

시간만 지연시켜도 되는 상황이었는데 그렇게 손 계속 뻗는 게 맞느냐고?

진재유 쟤 종수 상대로 드리블 쳐서 득점하는 거 다들 못 본 건가?

저런 애들 볼은 뺏으려고 하면 안 돼.

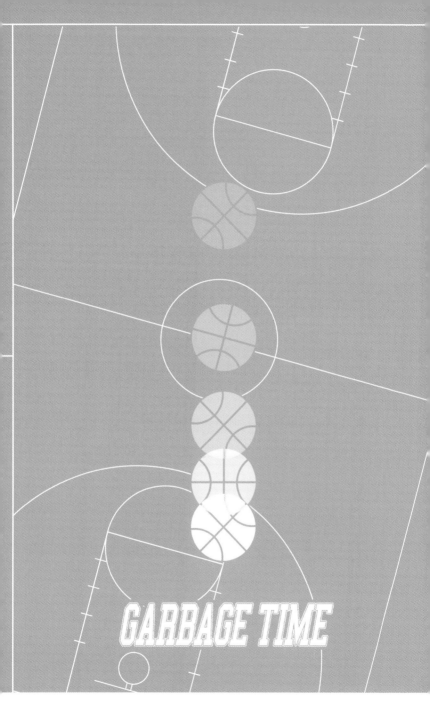

GARBAGE TIME

SEASON-4   28화

GARBAGE TIME

결승전에
같이 뛰지 못하는 건
아쉽지만

부상만 아니었어도

그래도
기분이 나쁘지는
않네.

저런
눈빛을 할 수
있다는 걸

4쿼터까지 양 팀이 한 번도 교체가 없는 상태…

완전 상남자식 농구네요.

지상고야 나머지 한 명이 부상자니 그렇다 쳐도

장도고는 평소에 6~7인 로테이션 정도는 돌렸던 거 같은데요.

뭐, 근본적으로 주전과 벤치 간의 격차가 큰 탓이지만

어쩌면 오늘은

주전을 빼버렸다간

승리를 장담할 수 없어서가 아닐까.

164

최종수 쪽으로
볼 투입!

국밥
득점 루트
나온다!

최종수
포스트업!

크윽…!

세계
페이스업의 날에
이런 짓을…!

스핀무브!

왼손
훅…!

블록숏!?

나이스 디펜스!

속공 찬스다!
뛰어!

여전히
무지막지한
파워지만

경기 초중반에 비해선
확실히 힘이 빠진 게
느껴진다.

이대로면

나이싸!!!

이, 이게 대체
뭔 일이야!?

장도고랑
지상고가…!

4쿼터에
7점 차라니…!

턱 끝까지
쫓아왔다고!

오늘
최종수 효율은
왜 이 모양이지?

최종수 컨디션이
안 좋은 거야?

아니면

저 6번이
잘하고
있는 거야…?

그럴 리가!

상대는 이름도 안 알려진 지방 팀 1학년이라고!

뭐야, 그럼?

얼리니 미국이니 하더만

국내 고등부 수준도 압도하지 못한다는 거 아니야?

잘한대서
처음 보러 왔더니…
실망이네.

에이,

저건 너무
박한 평가고.

오늘은
왜 이러는지
모르겠지만…

평소의 최종수는
고등부에서
압도적인 게 맞아.

고등학교 졸업하고
얼리로 나온다면
이변이 없는 한
1픽감이다.

성인 국대에도
금방 뽑히겠지.

다만

그 이상으로
과대평가되고
있는 것도 맞아.

174

듣자 하니
본인은 생각이 없는데도
주변에서 자꾸 NCAA 디비전1
도전하자고 하는 모양인데

참…

애한테 헛바람 좀
넣지 않았으면
좋겠네.

…아…

안 되는데…

그 자식은 벌써
NCAA 디비전1에서
관심받고 있는데…

저번 협회장기 땐
내가 이겼는데…

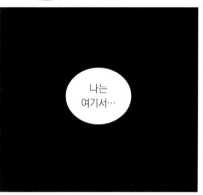

나는
여기서…

…

그런 사람…

없지
않아요…?

동기부여가
잘돼.

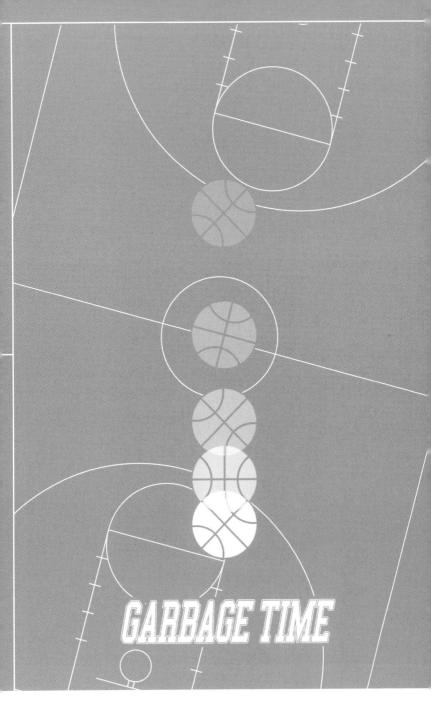

GARBAGE TIME

SEASON-4 29화

GARBAGE TIME

대왕 센터
최세종

208cm

준수한
운동 능력과

최상급
슈팅 능력을
겸비한

대한민국
역대 최고의
농구 선수.

그 피를
이어받은
종수 또한

지금만큼
압도적인 모습은
아니었지만

이미
중학생 때부터

또래들 사이에서
두각을 나타냈다.

앞으로의
목표나 각오
한마디!

나중에 꼭…

미국에
가서

농구를
배우고 싶어요.

글 8

김김김
한국농구의 미래다

박
최세종.유전자는.국가차원에서.기증받아.보관해야한다.

 안국종구의 미래나

박
최세종.유전자는.국가차원에서.기증받아.보관ㅎ

느바팬
너는 나중에 꼭 느바가서 잘해라.
최세종처럼 가비지타임만 뛰다 오지 말고.

느바팬
너는 나중에 꼭 느바가서 잘해라.
최세종처럼 가비지타임만 뛰다 오지 말고.

동인천크로스오버
얘 돌파를 거의 오른쪽밖에 못 가는 거 같은데

흥!

시간이 지나

종수가
고등학교에
올라갈 때쯤

종수와 규를
제외한 장도중
3학년들은

장도고가 아닌
다른 학교에
진학했다.

고등학교
진학 후 첫 대회.

종수가 가파르게
성장하여 또래
아이들과의 격차를
벌리기 시작한 건

그때부터였다.

여기로
입학해서
다행이지.

장고 갔으면
아직도 걔
볼 셔틀이나
하고 있었을걸.

나도
기회 받으면
걔만큼 할 수
있었다고.

그럼 최세종이 막 최종수 주전시켜라, 볼 몰아줘라 이렇게 시킨 거야?

그거야 모르지.

근데 뭐, 그 최세종 아드님이잖아.

말 안 해도 코치들이 눈치껏 기어야…

헉!?

조, 종수야 안녕!?

오랜만이다…!

48점을
넣었다.

무언가를 투쟁하여
성취해낸 경험이
한 번이라도 있는
사람은

그 기분을 다시
느끼길 바라면서
평생을 살아간다.

종수는

유독 더
그런 아이였다.

무슨 일
있었나?

종수가
평소랑 다르게
흥분한 것처럼
보였는데.

얼마 뒤

임승대에게
수십 점을 내주고

지상고에게
가까스로 승리했던
그날 이후

197

종수는 분한
마음이 컸는지

밤늦게까지
슈팅 연습을
하고 있었다.

얘들아,
이제 그만
들어가서 자라.

벌써
열한 시다!

슈팅 숫자만
다 채우고
갈게요.

얼마
안 남았어요.

쌤도
퇴근해야지,
짜식들아.

옙.

종수
너도 인마!

몇 개까지
던졌더라?

사백팔십
쯤이었는데

에휴
그냥 잠이나
자야겠다.

도고 VS 지상고 (임승대 38득점 최종수 38득점)

글 81

브라보
진짜 재능이 나타났다 임승대 ㄷㄷㄷ

산
승대피지컬이 탈아시아 수준. 아직 1학년인데
어케 저 키에 저만큼 움직이냐

천재
종수 진짜 잘하네 미국 가서도 잘할 거 같다.

천재
종수 진짜 잘하네 미국 가서도 잘할 거 같다.

▲ 답글 22개

왕
미국을 넘 쉽게 보네. 그게 될 거 같냐
이런 여론 따랐다가 괜히 애 미국 보내서 선수 인생 망칠까봐
걱정이네.

천재
@왕 조형석도 디비전 1에서 많이 뛰고 잘 배워서 왔다.
하위권 팀이긴해도.
실제로 보면 키도 조형석이랑 별 차이 없음.
조형석 1학년때랑 비교하면 최종수가 스탯도 더 좋고
스킬도 더 다양하고 운동능력도 훨씬 더 뛰어남

교수
@천재 고등학교 스탯 아무짝에도 쓸모 없다.
박한기같은 애매한 프로애들도 고딩때 190 겨우넘는
센터들 상대로 한경기에 리바운드 40개씩 잡고 그랬음.
그리고 조형석은 슈터잖아. 리딩도 되고.
최종수는 공 오래 잡고 에이스롤로 뛰어야 하는 앤데
그게 되겠냐. 미국에 쟤보다 잘하는 놈들 수두룩한데
에이스롤은 절대 못 땀.

교수
@천재 결국 중요한 건 롤플레이어로서 메리트가 있느냐는 건데
최종수가 3점을 조형석만큼 던지는 것도 아니고
리딩 되는지도 모르겠고 잘한다는 디펜스도
거기서 먹힐 수준일진 불확실함.

전사
@교수 최종수 아직 1학년이다

박사
@천재 조형석을 ㅈ으로 아네. 뭣보다 최종수는 점퍼가 별로.
피지컬발로 돌파하는 거 원툴임. 양학만 가능함.

짱
@박사 돌파도 왼쪽밖에 안 하는 듯

왕자
근데 보통 아들이 아빠보다 크지 않나, 최세종은 저 나이 때 벌써 2미터 넘었는데.
간만에 7푸터 한국인 느바리거 나오나 했는데 아쉽다.

황제
그러게 최세종 왤케 땅딸막한 여자랑 결혼해가지고

*7풋 = 213cm

우리 엄마 미스코리아 출신인데…

보통 사람들 사이에선 큰 편인데…

203

기사
현역때 스캔들있던 여배선수나 만나지.

우리 아빠는
경주마가
아니야.

멋대로
교배시키지
말라고.

프로
최세종이랑 하나도 안 닮았어

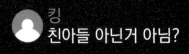
킹
친아들 아닌거 아님?

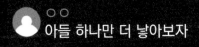
ㅇㅇ
아들 하나만 더 낳아보자

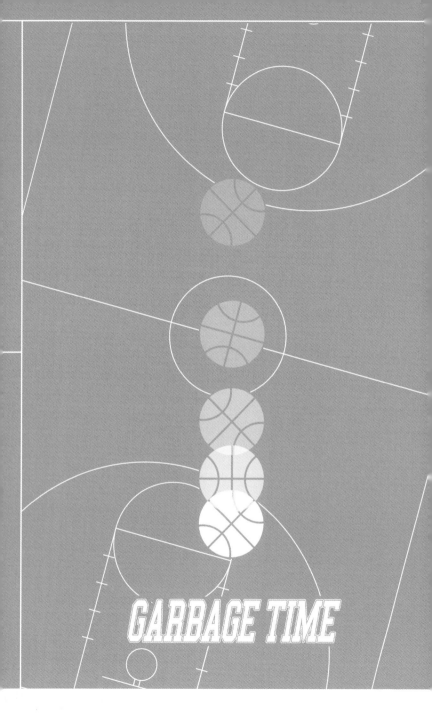

GARBAGE TIME

30화

GARBAGE TIME

|검색

검색

restor|

restoration

restoration car

restore

restored

restoring

restoration videos

restore car

12:32

Restoring Airplane Toy

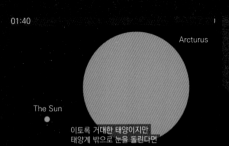

01:40

Arcturus

The Sun

이토록 거대한 태양이지만
태양계 밖으로 눈을 돌린다면

Universe Size Comparison

02:06

Shoeing a thoroughbred / Farrier ASMR

종수…

너…

이상하게…

힘을 다
빼놓지 않으면

잠이 안 올 거
같아서요.

종수는

천생
스포츠맨인 거야.

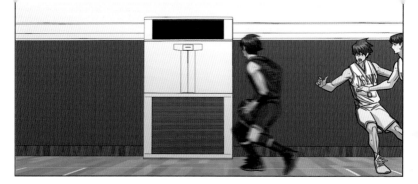

정신까지도.

도움 수비를
한 방에
무력화시켰어!

하지만 종수는

그날 이후로—

중학생 때
NCAA에 가고 싶다는
말을 했었는데

아뇨.

—분명 어딘가
달라져 있었다.

내가 아는
종수는

저럴 애가
아닌데….

백 스크린!

승대!

어차피
오른쪽은
베이스라인…!

무조건

오른쪽…?

그쪽은…

232

각이
없을 텐데…?

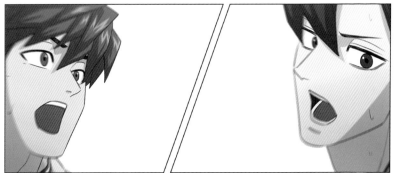

234

SEASON-4　31화

GARBAGE TIME

남고상언 최종수, 나의 사랑.
최종수, 나의 빛.
최종수, 나의 어둠.
최종수, 나의 삶.
최종수, 나의 기쁨.
최종수, 나의 슬픔.
최종수, 나의 고통.
최종수, 나의 안식.

최종수, 나.

섯맨 안되겠다 걍 맞짱뜨자

턴어라운드
페이드어웨이…

원중고랑
할 때도 보여주긴
했는데….

저거까지
양방향으로
시도할 수 있다는 게
참…

이게 고등학생
기술 수준이
맞나?

나 원,
출생과 동시에
농구를 시작한
것도 아이고….

더 골치 아픈 사실은

왼쪽으로 돌아 던지든 오른쪽으로 돌아 던지든 준수한 효율을 보여줌과 동시에

양방향 간의 유의미한 성공률 차이조차 없다는 거지.

개인적으로

플로터니 페이드어웨이니 하는 것들을 별로 안 좋아한단 말이지.

말이 좋아 기술이지

결국 본질은 수비를 벗겨내지 못하고 정상적인 레이업이나 점퍼를 시도할 수 없는 상황에서 던지는 터프샷이란 말이야.

근데 그런 터프샷을

저렇게 체감상 거의 반반 확률로 성공시킬 수 있다면

얘기가 좀 달라지.

야! 야!

굿샷!

08 : 39
장도고   지상고
4
66 : 59

7번 뭔데!?

너무 잘 넣잖아!

내가 말했잖아. 7번 누가 볼 거냐고?

이건 종수가 나가줬어야 할 거 같아.

괜찮겠어?

계속 스크린 한 방에 떨어져 나가는 거 보니

많이 힘든 거 같은데.

진재유는 이규한테 맡기는 게 어때?

...

시끄러.

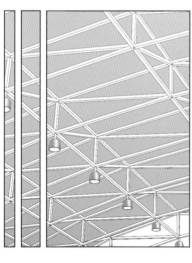

훅

지금
위치라면…

248

이번에는…

종수는

분명
'초식을 초월한 경지'에
도달해 있어.

하지만

그렇다고
해서

자기 나름의

최종수 미친 거 아냐!?

바로 앞까지 컨테스트했는데도 흔들림이 없잖아!

저기서 얼마나 더 수비를 잘해야 슛을 놓치게 할 수 있는 건데!?

나이스 샷!

08 : 28
장도고　　　지상고
4
68 : 59

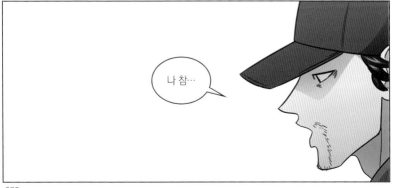

나 참…

돌파도
잘 잘랐고

돌아서 던지는
방향까지
맞췄는데

*백다운도
잘 버텨냈고

*포스트업 상황에서, 공격자가 등으로 수비를 밀어내는 동작.

저런 걸
넣어버리면

수비하는
입장에서 마음이
꺾여버린다고.

254

모든 동작이
예상대로였는데도

블록해낼 수가
없었다.

최종수의
표정도

엄청 평온해
보였다.

마치

내가 절대
닿을 수 없을
거란 걸…

더럽게
못하네 진짜.

18권에서 계속

GARBAGE TIME

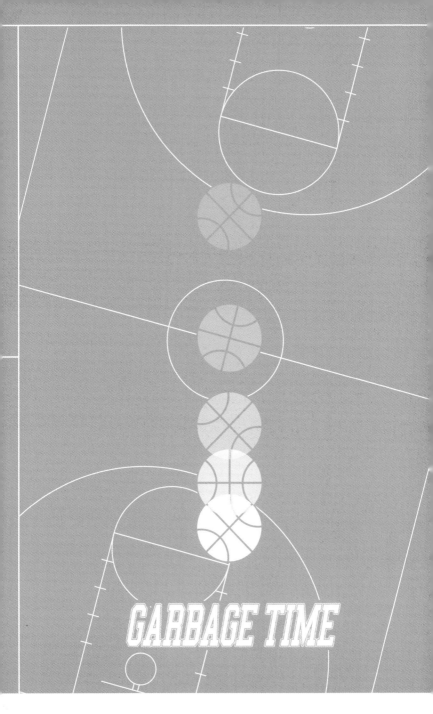

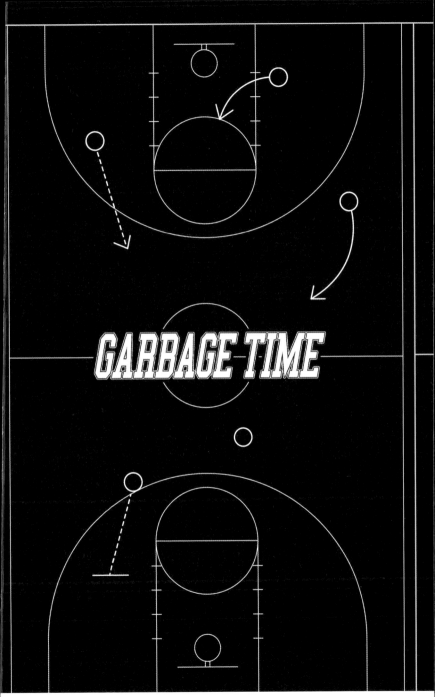

가비지타임 17

초판 1쇄 인쇄 2024년 9월 1일
초판 1쇄 발행 2024년 10월 15일

지은이 2사장
펴낸이 김선식

부사장 김은영
제품개발 정예현, 윤세미 **디자인** 정예현, 정지혜(본문조판)
웹툰/웹소설사업본부장 김국현
웹소설팀 최수아, 김현미, 여인우, 이연수, 장기호, 주소영, 주은영
웹툰팀 김호애, 변지호, 안은주, 임지은, 조효진
IP제품팀 윤세미, 설민기, 신효정, 정예현, 정지혜
디지털마케팅팀 지재의, 박지수, 신현정, 신혜인, 이소영, 최하은
디자인팀 김선민, 김그린
저작권팀 윤제희, 이슬
재무관리팀 하미선, 권미애, 김재경, 윤이경, 이슬기, 임혜정 **제작관리팀** 이소현, 김소영, 김진경, 박예찬, 이지우, 최완규
인사총무팀 강미숙, 김혜진, 지석배, 황종원 **물류관리팀** 김형기, 김선민, 김선진, 전태연, 주정훈, 양문현, 이민운, 한유현
외부스태프 리채(본문조판)

펴낸곳 다산북스 **출판등록** 2005년 12월 23일 제313-2005-00277호
주소 경기도 파주시 회동길 490
전화 02-704-1724 **팩스** 02-703-2219 **이메일** dasanbooks@dasanbooks.com
홈페이지 www.dasan.group **블로그** blog.naver.com/dasan_books
종이 더온페이퍼 **출력·인쇄·제본** 상지사 **코팅·후가공** 제이오엘엔피

ISBN 979-11-306-5623-6 (04810)
ISBN 979-11-306-5621-2 (SET)

다산북스(DASANBOOKS)는 책에 관한 독자 여러분의 아이디어와 원고를 기쁜 마음으로 기다리고 있습니다.
출간을 원하는 분은 다산북스 홈페이지 '원고 투고' 항목에 출간 기획서와 원고 샘플 등을 보내주세요.
머뭇거리지 말고 문을 두드리세요.